PERLINCHEN ist ein ganz besonderes Marienkäfermädc
Und das nicht nur, weil sie pinke Flügelchen mit silbernen Glitzerpunkten darauf hat. Sie lebt mit ihrer Familie im unterirdischen Käferhausen, ist neugierig und ziemlich abenteuerlustig. Gemeinsam mit ihrem besten Freund Jimi Blaupunkt und ihrem Bruder Charly Schlaufuchs erlebt sie die tollsten Geschichten. Seit ihre geliebte Oma-Mutti Perle ihr ein magisches Perlenarmband geschenkt hat, legt sie es nie ab. Denn es verleiht ihr Zauberkräfte und soll sie beschützen, wenn sie mal dringend Hilfe für sich oder andere braucht.

© Zwillingsherz

NATASCHA OCHSENKNECHT ist Designerin, Autorin und Fotografin. Ihre wechselnden Haarfarben zeichnen sie ebenso aus wie ihre Kämpfernatur. Die Abenteuer über das anders aussehende Marienkäfermädchen Perlinchen, das Superkräfte entwickeln kann und allen hilft, begeistert ihre mittlerweile erwachsenen Kinder schon seit Jahren.

© Privat

BIANCA FALTERMEYER absolvierte an der freien Kunstwerkstatt München eine Ausbildung zur Diplom-Illustratorin und Grafikerin und ließ sich an der VANCOUVER FILM SCHOOL in 2D-Animation ausbilden – ihr Abschlussfilm wurde u. a. in New York prämiert. PERLINCHEN ist ihre erste Bilderbuchreihe.

Weitere Titel der Autorin:
Perlinchen – Ich bin anders, na und!

MIX
Papier aus verantwortungsvollen Quellen
FSC® C084279

Originalausgabe

Gesamtgestaltung und Satz: Christina Krutz, Biebesheim am Rhein
Gesetzt aus der Gill Sans
Druck und Bindung: Print Consult GmbH
Printed in Slovakia

ISBN 978-3-414-82530-8

5 4 3 2 1

Sie finden uns im Internet unter:
www.boje-verlag.de und www.luebbe.de

Für Louis ♡

Alles Liebe

NATASCHA OCHSENKNECHT

PERLINCHEN

MEIN GRÖSSTER SCHATZ

ILLUSTRIERT VON

BIANCA FALTERMEYER

Boje

In KÄFERHAUSEN geht die Sonne auf.
Ein neuer Tag beginnt. Es duftet nach Moos,
nach Maiglöckchen und nach Abenteuer.
Perlinchen, ihr Bruder Charly Schlaufuchs und ihr bester Freund
Jimi Blaupunkt sitzen bei Kakao und Marmeladenbroten
in Mama Rosas Bäckerei, als Oma-Mutti Perle hereinkommt.
»Ein Schatz ist gestohlen worden!«, ruft sie aufgeregt. »Ich hab's
gerade von der Postschnecke gehört.«
»Ein Schatz?«, wiederholt Perlinchen, und in ihren Augen funkelt es.
Verschwörerisch zwinkert sie Jimi und Charly zu. Wenn das mal
nicht nach einem großartigen Abenteuer klingt!

Hüpf

»Diesen Schatz müssen wir unbedingt finden!«, beschließen die drei Freunde und machen sich auf die Suche. Niemand in Käferhausen ist vor ihrer Befragung sicher. Nicht umsonst sind Perlinchen und Charly die Kinder von Dorfpolizist Billybald. Den alten KAPITÄN HÜPF, der jeden Morgen auf seinem Floß am Dorfteich sitzt und angelt, befragen sie als Erstes: »Vermisst du vielleicht einen Schatz?« Der Grashüpfer schaut an sich herunter und lacht: »Nein, mein größter Schatz sind die hier.« Er streckt den dreien stolz seine Füße entgegen, die in einem Paar ausgelatschter Stiefel stecken. »Damit bin ich damals zusammen mit meinem Bruder über den großen Teich gehüpft. Das waren noch Zeiten«, schwärmt der Kapitän. Da staunen Perlinchen, Jimi und Charly, aber wo der Schatz steckt, wissen sie immer noch nicht.

Als die BIENE PIKS von einem vermissten Schatz hört, bekommt sie große Augen und läuft aufgeregt in ihre Speisekammer. Glück gehabt! Der verbeulte Honigtopf ist noch da.

»Das ist dein größter Schatz? Ein alter Topf?«, fragt Perlinchen verwundert.

»Das ist doch nicht einfach nur ein alter Topf«, antwortet Piks. »Er gehörte schon meinem Ururururgroßvater. Und der hat ihn von der Bienenkönigin bekommen. Seit Jahren bewahrt meine Familie darin ihren Honig auf. Mögt ihr mal kosten?«

Au ja! Honig mag Jimi fast so gern wie Marmeladenbrote.

Mit vollen Honigbäuchen ziehen die drei Freunde weiter.
Bald kommen sie an das alte, windschiefe
Wellblechhaus von JÖRGEL VON DER DUFTWEIDE.
Die vornehme Stinkwanze versteht gar nicht, was die drei kleinen
Käfer wollen. Ein Schatz? Wo er doch nicht mal Geld hat …

Da fällt ihm etwas ein. Er geht in seine Hütte und kommt mit einem kleinen Fläschchen wieder heraus. »Ohne mein Parfüm gehe ich nicht aus dem Haus. Ihr müsst nämlich wissen, wir Stinkwanzen riechen nicht besonders appetitlich, wenn uns jemand anrempelt.« Deshalb ist das Parfüm für den eleganten Jörgel sein größter Schatz.

Vielleicht haben sie bei MÜLLMANN WIRBEL ja mehr Glück.

Der Pillendreher-Käfer ist schon fleißig bei der Arbeit und rollt mit den Hinterbeinen eine Mistkugel vor sich her, die fast doppelt so groß ist wie er selbst.

»Guten Morgen, Wirbel!«, ruft Perlinchen schon von Weitem. »Hast du zufällig einen Schatz verloren?«

Der Käfer deutet auf einen Seitenspiegel an seinem Helm. »Meinen größten Schatz habe ich doch auf dem Kopf. Wisst ihr, seit Generationen bewegen wir uns beim Arbeiten rückwärts. Und seit ich den Spiegel im Müll gefunden habe, kann ich endlich sehen, was hinter mir passiert. Unglaublich, was die Leute alles wegschmeißen!«, brummt Wirbel und wirbelt mit seiner Mistkugel weiter.

GLAS
KLAR

Gleich um die Ecke steht das Blätterhaus von CHAMÄLIA BLATTGRÜN, der wandelnden Blattkäferdame. Die drei erwischen Chamälia gerade beim Packen: »Hast du vielleicht einen Schatz verloren?«

Doch auch Chamälia schüttelt den Kopf, verschwindet kurz und kommt mit einer knallorangen Warnweste zurück. »Die hat mir meine beste Freundin Bärbel Brummer geschenkt, weil sie mich auf unseren gemeinsamen Reisen immer stundenlang suchen musste. Manchmal bin ich von einem Blatt kaum zu unterscheiden, müsst ihr wissen.«

In dem Moment kommt BÄRBEL BRUMMER angebrummt. Die beiden Freundinnen wollen nämlich wieder auf Wanderschaft gehen. Perlinchen begrüßt die Hummel und fragt sie gleich, ob sie vielleicht nach einem Schatz sucht. Bärbel deutet auf ihre Ohrenschützer: »Die hat mir Piks geschenkt, weil ich doch immer so laut bin. Jetzt kann ich endlich meine eigenen Worte verstehen, wenn ich mich unterhalte. Diesen Schatz würde ich nie wieder hergeben.«

Auf einmal hören sie ein lautes Rufen:
»Hallo, ist da jemand?«
Jimi erkennt die Stimme sofort: »Autsch, bist du das?«
»Ja, ich bin's. Hier, um die Ecke. Autsch!«
Oje, der arme FLOH AUTSCH liegt in einem Dornenbusch und reibt sich das Bein.
»Bist du etwa wieder zu schnell unterwegs gewesen?«, will Perlinchen wissen.
»Oder hast du etwas gesucht? Einen Schatz zum Beispiel?«, fragt Charly.
Autsch deutet auf seinen ziemlich ramponierten Helm. »Das hier ist mein größter Schatz. Ohne den würde ich jetzt anders aussehen.«
Wie alle Flöhe liebt Autsch es, wild durch die Gegend zu hüpfen. Leider stößt er sich dabei immer wieder den Kopf. Aber dank des Helms tut es lange nicht mehr so weh.

Als sie die andere Seite des Teiches erreichen,
dämmert es bereits. Da flattert ihnen LORA LÄMPCHEN,
die hübsche Glühwürmchenfrau, entgegen.
»Haben Sie vielleicht einen Schatz verloren?«, fragt Charly höflich.
Lora lacht verschmitzt. »Mein größter Schatz ist meine Schlafbrille.
Wisst ihr, mein Mann hat einen leichten Wackelkontakt im Hintern und
fängt nachts manchmal aus Versehen an zu leuchten.«
Sie kichert. »Davon bin ich schon oft aufgewacht. Mit der Brille
kann ich endlich durchschlafen.«
Das Glühwürmchen seufzt glücklich
und schwirrt summend davon.

Die drei Käfer lassen erschöpft die Fühler hängen.
Vielleicht hat Perlinchens Oma sich ja verhört, und niemand
in Käferhausen hat einen Schatz verloren ...
Aber heute sind sie einfach zu müde und beschließen,
erst am nächsten Tag weiterzusuchen.
Hoffentlich haben sie bei der KAKERLAKE FLITZO
mehr Glück. Mutig wagen sie sich in die düstere Höhle. Mit jedem Schritt wird
es dunkler. Doch wozu hat Perlinchen ihr magisches Perlenarmband?
Einmal daran reiben und – zack! – leuchten die Glitzerpunkte
auf Perlinchens Rücken wie kleine Scheinwerfer.
Aber die Höhle sieht nicht sehr gemütlich aus. Es riecht modrig,
und der Boden ist nass und glitschig. Kein Wunder, dass Flitzo
so selten Besuch bekommt, findet Perlinchen.
»Ein Schatz?«, brummt die Kakerlake schlecht gelaunt. »Den gibt's
hier nicht.« Flitzo will sie schon weiterschicken,
da überlegt er es sich anders: »Aber ich komme mit
und helfe euch suchen.«

Besonders wohl fühlen sich die drei nicht in Begleitung der Kakerlake. Aber sie wollen unbedingt noch die alte MAIKÄFERDAME besuchen, die ganz allein in einem Kastanienbaum wohnt.

»Vermissen Sie vielleicht einen Schatz?«

Kaum hat Perlinchen die Frage ausgesprochen, bricht die alte Dame in Tränen aus.

»Oh ja! Mein Glitzerdiamant ist verschwunden«, schluchzt sie.

»Es ist eigentlich kein richtiger Diamant. Er ist nur aus Glas. Aber mein Mann hat ihn mir zur Hochzeit geschenkt. So viele Erinnerungen hängen daran.«

Alle sind ganz traurig, als sie die Geschichte hören. Auch Flitzo fängt plötzlich bitterlich an zu weinen.

Und Perlinchen fasst einen Plan: »Ich werde meinen Vater um Hilfe bitten, der ist schließlich Polizist.«

Da hat Flitzo plötzlich ein schlechtes Gewissen und auch ein bisschen Angst. Und so bricht es mit einem Mal aus ihm heraus: »Ich war es! Ich habe den Stein genommen, weil er so schön geglitzert hat.« Und ganz kleinlaut murmelt er: »Ich wollte doch auch so gern einen Schatz besitzen. So wie alle anderen.« Dann fischt er den Diamanten aus seiner dreckigen Socke und gibt ihn der Käferdame zurück.

»TUT MIR LEID«, flüstert er.

Perlinchen ist erleichtert, dass der Schatz wieder da ist, wo er hingehört. Aber was Flitzo getan hat, war trotzdem nicht richtig. Eine kleine Strafe muss schon sein, finden alle.

Flitzo findet seine Strafe gar nicht schlimm:
Jeden Nachmittag muss die Kakerlake nämlich
die alte Käferdame auf ein Tässchen Tee
und ein Stück Kuchen besuchen und sich Geschichten
von früher anhören, während er ihren Glitzerstein poliert.
Eines Tages will die alte Dame ihm den Stein schenken,
damit Flitzo endlich seinen ganz eigenen Schatz hat.
Doch Flitzo findet das Geschenk zu wertvoll.
»Ich hätte lieber das Tuch als Erinnerung
an unsere gemütlichen Teestunden.«
Und seither wurde Flitzo keinen Tag mehr
ohne sein Tuch gesehen, das jetzt
SEIN GRÖSSTER SCHATZ ist.

»Was ist eigentlich

EUER GRÖSSTER SCHATZ?«,

fragt Perlinchen die anderen, als sie mal wieder gemeinsam in ihrem Baumhaus sitzen.

»Mein Mikroskop, das mir Papa geschenkt hat«, sagt Charly. »Damit kann ich alles ganz genau untersuchen. Ihr wisst ja, wie neugierig ich bin.«

»Mein Marmeladenbrot«, grinst Jimi.

»Aber das isst du doch immer sofort auf!«, sagt Perlinchen erstaunt.

»Ach so«, sagt Jimi und grübelt. »Na gut, dann der Bleistift, den du mir an unserem ersten Schultag geschenkt hast.«

Und Perlinchens größter Schatz?

Das ist natürlich das Perlenarmband, weil es ihr nicht nur Zauberkräfte verleiht, sondern sie immer an ihre geliebte Oma-Mutti Perle denken lässt.